AF300303

L'ÉMEUTE

ET

LES MARTYRS

Poème en cinq Chants,

Par Charles DUGGE.

PARIS

Chez MM. LEDOYEN et LAROQUE, Libraires,
boulevard Montmartre, 3.

LYON

A LA LIBRAIRIE DE GUIBERT, RUE PUITS-GAILLOT.
—
1848.

L'ÉMEUTE

ET

LES MARTYRS

Poëme en cinq Chants,

Par Charles DÜGGE.

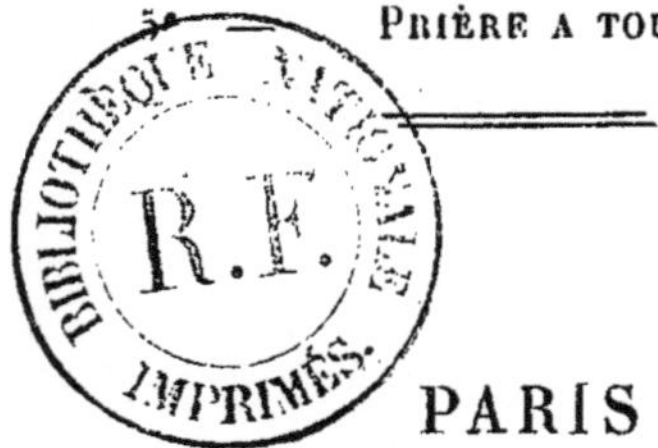

PARIS

CHEZ MM. LEDOYEN ET LAROQUE, LIBRAIRES,

boulevard Montmartre, 3.

LYON

A LA LIBRAIRIE DE GUIBERT, RUE PUITS-GAILLOT.

—

1848.

LYON.

IMPRIMERIE ET LITH. DE VEUVE AYNÉ,

grande rue Mercière, 44.

DÉDICACE.

Au général Cavaignac.

A la Garde nationale.

A la Garde mobile.

A l'Armée.

Aux morts comme aux vivants qui tous ont combattu pour la défense de la patrie,

Gloire et reconnaissance!

I

Socialistes.

A peine éclos d'hier, pourquoi sitôt finir,
N'être plus aujourd'hui qu'un rêve, un souvenir,
Beaux jours de Février, où la France héroïque
Inaugurait enfin la sainte République,
De ses puissantes mains brisait la royauté,
Où nos yeux attendris ont vu la Liberté
Cacher nos fers brisés dans les plis de sa robe,
Et tendre ses deux mains à tous les fils du globe ?
De ses libres décrets, généreux partisans,
Alors, *Francs* ou *Gaulois*, bourgeois comme artisans,
Oubliant le passé, pleins de miséricorde,
Nous nous unissions tous, aux chants de la Concorde,
Dans un baiser d'amour immense, universel !
Symbole de la paix, un arbre solennel

S'élevait dans les airs consacré par le prêtre ;
Vieux esclaves flétris, nous nous sentions renaître ;
Pareils à des captifs sortis de leur prison ,
Nous respirions l'air pur de ce libre horizon.
Ah ! partout l'union et plus d'avis contraires !
Nous nous donnions la main , comme un peuple de frères ;
Nous ne formions alors qu'une âme et qu'un seul cœur ;
Alors , bras enlacés , nous répétions en chœur :

« La République sainte enfin est proclamée
« Par nous , mais librement ! La propagande armée
« Souillerait ses bras nus et rougirait son front ;
« Elle fuirait le sol, à ce sanglant affront ;
« Aux peuples opprimés donnons-la pour exemple;
« Que de loin leur regard l'envie et la contemple ,
« Et , les bras étendus vers elle , à deux genoux ,
« Qu'ils puissent dans la paix la fonder, comme nous !
« Le vaisseau de l'État aux clartés des étoiles
« Déploîra, libre et fier, la splendeur de ses voiles. »

L'antique Lombardie et les États romains
Pour secouer le joug nous tendaient les deux mains.
La Pologne et l'Irlande , à cette heure céleste,
Tressaillaient de bonheur, quand par son manifeste

L'éloquent Lamartine, au cri de liberté,
Invitait au banquet de la fraternité
Tous les peuples souffrants unis par l'harmonie;
Le monde était ému; la vieille Germanie
Déchirait tout-à-coup le manteau de ses rois
Et criait à ses fils : « Fils, défendez vos droits ! »
L'Autrichien Metternich, ce caduc homicide,
Du sang de la Pologne encore tout humide,
Chassé du sol natal, maudit des Milanais,
Allait, vieil exilé, loin du royal palais,
Laver sa main sanglante aux flots de la Tamise.
Tandis que, pour guider à la terre promise
Ses peuples opprimés, le vicaire de Dieu
Gouvernait le navire, et, colonne de feu,
Sur l'océan du monde, à travers la tempête,
Eclairait notre route et marchait à la tête.

Devions-nous donc, hier marchant par ce chemin,
Dans l'ombre de la nuit nous réveiller demain !
Quels démons de l'enfer au milieu de la ville
Ont vomi tout-à-coup la discorde civile,
Par le sombre naufrage ont remplacé le port,
Au lieu du chant de paix jeté le cri de mort !
C'est vous, sombres journaux, sanglans folliculaires,
Vous, serpens de la presse, aux langues sanguinaires,

Nés du souffle orageux des révolutions
Vous versez le venin de vos corruptions !
Vous, journaux des Thoré, des Sobrier ! vermine
Qui, depuis Février, de sa dent ronge et mine
L'arbre de liberté, sur notre sol natal,
De cet arbre du bien a fait l'arbre de mal !
C'est vous tous, novateurs, dont l'âme apostasie
La liberté du Christ ; qui semez l'hérésie
Aux cœurs républicains que le ciel a bénis
Et qui sans vous encor vivraient toujours unis !
C'est vous tous, ennemis du pur Christianisme ,
Qui jetez sous nos pas les filets du sophisme ,
Pour nous envelopper, nous, pauvres imprudens !
A toute jeune idée ouvrant nos cœurs ardens !

Toi surtout , Lamennais , qui parles en prophète
Et sembles de Dieu même être ici l'interprète !
De l'Evangile saint dénaturant le sens ,
Tu glisses dans nos cœurs en mots éblouissants
Le système trompeur de ta philosophie ,
Egarant , malgré lui , l'insensé qui s'y fie !
Pauvre peuple ! séduit par ce brillant flambeau ,
Par le rayonnement de ce verbe si beau,
Tu suivis de l'orgueil la fausse et sombre route.
Hélas ! tu t'égaras sur l'océan du doute ,

Cherchant toujours le pire et jamais le meilleur !
Aux jours de ta souffrance, ô pauvre travailleur !
Comme ton cœur ému saisit cette parole,
Mirage si trompeur qui pourtant te console ;

« Marche, jeune soldat, disait le faux croyant,
« Sous la faim et la soif marche, le front ployant,
« Tandis qu'en son palais le riche est dans la joie
« Et que ton oppresseur dans le plaisir se noie !
« Marche, jeune soldat, dans le vallon des pleurs,
« Les bras chargés de fers, marche dans les douleurs !
« Bientôt le jour viendra, murmurait le faux prêtre,
« Où tu seras assis à la place du maître !
« Dieu lui-même l'a dit, qui pourrait le nier ?
« — Le premier au festin deviendra le dernier ! —
« Va, creuse le sillon ! un jour tu seras digne
« De le déposséder, ce maître de la vigne ! »
Et quand de Février brilla la liberté,
Tu voulus que le sol fut ta propriété ;
Ton œil depuis longtemps, bercé par des chimères,
Dans tous ces possesseurs n'entrevit plus des frères ;
Ta main s'arma du fer pour leur percer le sein ;
Le sombre novateur se rendit assassin !
Lamennais ! Lamennais ! impie en ton système,
Un système basé sur l'amour de soi-même !

L'orgueil, l'orgueil toujours ! jamais la charité !
Toujours la froide erreur ! jamais la vérité !
Hélas ! dans tous les cœurs de la foule affranchie
Tu semas la révolte et cueilles l'anarchie !
De ton esprit puissant, de ton âme de feu,
Prêtre , quel compte un jour te demandera Dieu ?

Je t'accuse aussi, toi ! ta doctrine est un songe,
Songe aussi de l'orgueil, le père du mensonge,
Fourier ! de ton erreur la jeunesse s'éprit :
« La matière ici–bas doit dominer l'esprit ;
« Cherchons notre bonheur, nous dis-tu, sur la terre !
« Malheur à l'affligé qui , marchant solitaire ,
« Se console en jetant un regard vers les cieux !
« La terre est notre ciel, dont nous sommes les dieux !»
D'hommes matériels , pervertis , de faux anges ,
Hélas ! triste rêveur, tu peuples tes phalanges !

Cabet par le pillage, au cri d'égalité,
De frères ennemis fait sa communauté,
Doctrine d'Enfantin , adultère utopie,
Vaste foyer qu'il ouvre à la débauche impie !
Georges Sand , de l'hymen abaissant la grandeur,
Dans le cœur de l'épouse a détruit la pudeur ;

Leroux, qui porte au front le signe du génie,
En semant le désordre, exalte l'harmonie !
L'entendez-vous prêcher sa fausse égalité ?
« J'ai trouvé l'inconnu ! Dieu ? c'est l'humanité !
« Frères, l'homme ici-bas de l'homme est solidaire,
« Et comme la vertu, le vice est nécessaire ! »
Et tous ces novateurs se mettent en chemin,
En disciples du Christ, l'Evangile à la main !
A l'homme donnez-vous le sublime génie,
Pour punir son orgueil, ô sagesse infinie ?
L'homme élevé si haut doit-il à chaque pas
Chanceler dans sa route ainsi, tomber si bas ?
Et toi, sombre Proudhon, qui prêches l'athéisme,
Faux prophète, annonçant du saint Christianisme
La ruine et la mort ! Parmi les fils du sol,
Tu veux de tous les biens organiser le vol !
Philosophe pourtant doué d'un beau génie,
Tu jettes l'univers dans la froide agonie !
Tu fondes ton système et ta nouvelle loi
A l'heure solennelle où des cœurs pleins de foi,
Mûs par la charité, s'immolent au martyre,
Pour sauver son troupeau quand le pasteur expire,
Quand un pontife saint délivre les captifs,
Et ramène l'Eglise à ses temps primitifs !

Venez tous contempler le fruit de ces orgies
Par le sang fraternel cruellement rougies !
O novateurs, venez !…. Ce peuple que voilà,
C'est vous qui l'avez fait le moderne *Attila*.

II

Barricades.

I.

Paris est-il en feu ? Pourquoi ce mouvement ?
On dirait de la mer le sourd mugissement !
D'où viennent ce tumulte et ces cris dans la rue ?
Voyez, là-bas ; où court ce peuple qui se rue ?
Des hommes aux bras nus, aux sinistres regards,
A pas précipités passent, les yeux hagards,
S'élancent sur les quais et vers l'Hôtel-de-Ville ;
Des groupes effrayants se rassemblent par mille ;
Les uns poussant des cris, d'autres silencieux,
Recevant un mot d'ordre, un mot mystérieux,
Qui circule en leurs rangs, de bouche en bouche passe ;
Des drapeaux inconnus paraissent sur la place ;

Divers attroupements armés et réunis
Couvrent les boulevards Montmartre, St-Denis,
Et surtout St-Martin ; la multitude encombre
Le faubourg St-Antoine et ses maisons sans nombre,
S'étend toujours, s'étend, comme un vaste réseau,
Jusqu'au fond des faubourgs St-Jacque et St-Marceau.
Tout-à-coup, un long cri s'élève : Aux barricades !
Et rien n'est épargné : charrettes, balustrades,
Portes de fer, tonneaux sont en masse élevés ;
Et, construits en remparts, des monceaux de pavés,
Ne formeront bientôt qu'une immense muraille
Contre les noirs canons vomissant la mitraille.
Mille rouges drapeaux flottants de toutes parts,
Des forts improvisés pavoisent les remparts ;
Le travail est fini ! Le doigt sur les cartouches,
Que déchirent déjà leurs convulsives bouches,
Ces sombres inconnus qu'on ne voit qu'à demi,
Le fusil dans la main, attendent l'ennemi !
Tout magasin est clos, toute rue est déserte ;
Pour fuir ces combattants, nulle porte entr'ouverte !

II.

Soudain le clairon sonne et le bruit des tambours,
Du cœur de la cité, monte aux vastes faubourgs,

Et l'ennemi paraît!.... Quel ténébreux mystère!
Mais qui donc êtes-vous, enfants de la colère,
Pour nommer ennemis ces Français glorieux
Qui s'avancent sur vous, armés, silencieux?...
Etes-vous du désert les habitants sauvages,
Race de Mahomet, fils des lointains rivages,
Ennemis éternels du sol civilisé,
Peuple par l'esclavage encor fanatisé?
Vos fronts vont à l'instant balayer la poussière!
A la tête des rangs marche Lamoricière,
Jeune triomphateur que le peuple romain
Jadis eût appelé Scipion l'Africain!
Mais non! vous n'êtes pas fils des lointaines terres,
Insurgés à l'œil sombre! Ah! vous êtes nos frères,
Nos frères égarés par le sophisme impur,
Le satanique orgueil dont le langage obscur
Vous jette dans le cœur la soif d'être homicides,
Et le vol et l'ardeur des luttes fratricides!
Point de sang! point de sang!

III.

Feu! répond l'insurgé!
Et le premier combat, hélas! est engagé!

La Porte-St-Denis jette le cri d'alarmes :
Aux armes, citoyens ! on nous égorge ! aux armes !
Trente nationaux par cent coups de fusils
Sont accueillis soudain ; d'épouvante saisis
Tous, ils prennent la fuite, et dix d'entr'eux succombent !
Au tableau déchirant de leurs frères qui tombent,
Cent autres sur-le-champ contre les révoltés
S'avançant, l'arme au bras, à pas précipités,
Sont encore assaillis par une fusillade ;
Ils veulent riposter ; la haute barricade
Protége l'émeutier, qui tire à bouts portants
Des fenêtres, des trous sur les cent combattants.
De nombreux révoltés, armés de carabines,
Sortis de leurs créneaux et des maisons voisines,
S'élancent par trois cents sur les gardes moins forts,
Qui se sauvent laissant sur le pavé dix morts !
Mais tout-à-coup s'oppose aux luttes meurtrières
Un fort détachement de troupes régulières ;
Le fusil à la main, il arrive à grands pas ;
Escadrons de lanciers, bataillons de soldats,
Braves nationaux, jeunes gardes mobiles,
Tous enfants, mais déjà tous combattants habiles,
Canons d'artillerie, en bataillons unis,
Attaquent tout-à-coup la Porte-St-Denis ;
L'immense barricade à l'instant cède et roule ;
Celle de St-Martin sous le canon s'écroule !

Les insurgés ont fui d'epouvante frappés ;
Par nos braves soldats leurs forts sont occupés.
Tout est calme ! on n'entend que la rumeur profonde
Qui sourdement partout grandit , s'approche et gronde !

IV.

Assez ! contiens ta voix , ô Muse des combats !
Ah ! tu ne dois jamais célébrer ici-bas
Ces carnages sanglants , ces haines parricides ,
Où sifflent les serpents des sombres Euménides ,
Et d'où , les yeux en pleurs , s'enfuit la Liberté ,
Essuyant de ses mains son front ensanglanté !
A toi de célébrer les hauts faits et la gloire !
Laisse au livre éternel, la Muse de l'histoire ,
Tracer le plan lugubre et la description
Des forts barricadés de l'insurrection !
Qu'à tous nos descendants elle cite la place ,
Le faubourg et la rue où la révolte passe !
Toi , sur ta lyre d'or, sur ta corde choisie ,
Chante nos défenseurs , ô sainte poésie !
Livre le fratricide à d'éternels remords !
Mais nos vaillants guerriers aux barricades morts ,
Qui tous ont combattu pour leur France chérie ,
Chante-les, ces héros , sauveurs de la patrie ,

2

Et léguant leurs beaux noms à la postérité,
Avec toi guide-les à l'immortalité !
Mais moi des chastes sœurs puis-je être l'interprète
Quand il faudrait la voix d'un immortel poète ?
Pour chanter dignement tous ces noms imposants,
Les accents de mon luth seront insuffisants.
Terre de la bravoure, en héros si féconde !
O mère des beaux arts ! France , ô reine du monde !
Sol de la République, hier si florissant,
A qui tout citoyen doit son bras et son sang ,
N'as-tu plus qu'un poète à la voix éphémère ,
Pour peindre en vers ta joie et ta douleur amère ?
Ta douleur , quand tu vis un fils être assassin ,
Ensanglanter ta joue et déchirer ton sein ;
Et la joie aussi, mère, à ta voix qui l'appelle
Quand marcha l'autre enfant contre le fils rebelle ,
Contre Esaü Jacob , Abel contre Caïn !
Où donc, où donc est-il ce poète divin ?
Ah ! nous t'avons perdu, Casimir Delavigne,
O chantre des héros ! Va, toi seul étais digne
Pour nous tous de répondre au glorieux appel !
Eh bien ! puisqu'il se tait, le poète immortel,
Moi , je ne garde pas un coupable silence
A ta voix solennelle, ô mère , je m'élance !
Pareil à l'inspiré que jadis appela
La grande voix de Dieu , je dirai : me voilà !

V.

Elève de tes mains, ô France! élève un temple!
Aux vrais républicains pour qu'ils servent d'exemple,
Sur ces murs j'inscrirai d'un doigt religieux,
En caractères d'or tous les noms glorieux,
Des braves combattants, qui tous l'ont défendue!
Je saisirai ma harpe aux piliers suspendue;
Pour mêler, nuit et jour, à ses mâles accords
Les noms de ces héros qu'ils soient vivants ou morts!

III

Panthéon.

I.

Du nouveau Panthéon s'ouvre la porte sainte !
Grands artistes de France, entrez dans cette enceinte,
Apportez la palette et les légers pinceaux ,
Et changez ces blancs murs en sublimes tableaux !
Poëtes, sur vos luths que votre front se penche ;
Chantez ! que l'harmonie éclatante s'épanche,
Et mêle un chant de gloire à l'hymne des douleurs ;
Vous avez une voix pour la joie ou les pleurs !
Que de ce Panthéon, dans une large esquisse,
De Cavaignac la tête orne le frontispice ;
Sang énergique, issu d'un sang républicain ;
Visage au teint bruni par le ciel africain ;

Cœur intrépide et fort qui jamais ne varie ;
La France l'a nommé sauveur de la patrie !
Il nous a sauvé tous , le noble général!
Partout nous l'avons vu traverser à cheval
Les faubourgs périlleux et semés d'embuscades ;
Parfois, entre deux feux; il monte aux barricades ,
Excite le soldat du geste et de la voix ,
D'une main donne un ordre et de l'autre une croix ;
Défenseur du pays , à cette heure critique ,
Général , sauve encor la sainte République !
Si ton glaive abattit le sombre révolté ,
Que ton œil soit ouvert sur notre liberté !
Vous étiez les Gracchus d'une autre Cornélie !
Ton noble frère est mort , nul Français ne l'oublie ,
Mort sur le champ d'honneur ! généreux citoyen ,
De notre Liberté , sois le noble soutien !

II.

A ses côtés placez le preux Lamoricière ;
Ils ont marché tous deux dans la même carrière ,
Ne les séparez pas au temple glorieux.
Général intrépide, à l'œil audacieux ,
On le voyait passer sur son coursier numide,
Aux pieds creusant le sol , à la crinière humide ,

Passer comme l'éclair aux yeux de l'insurgé ;
Par quelque talisman on l'eût dit protégé.
Pourtant, de tous côtés sur lui pleuvaient les balles ;
Souvent on entendait de loin, par intervalles,
Le plomb mortel tomber sur son glaive d'acier,
Déchirer ses habits et blesser son coursier,
Sur la noire crinière, et lui, penchant la tête,
Sans redouter la foudre affrontait la tempête !

III.

Honneur à Négrier mort dans ce noir combat !
« Adieu donc, mes amis ! je meurs en vieux soldat ! »
Sublime et dernier mot de sa bouche expirante,
Et son front retomba sur la terre sanglante !
Cœur énergique, ami sincère, âme d'enfant !
Comme un héros antique, il mourut triomphant.

IV.

Dans un médaillon d'or, entouré d'auréole
Que nos mains suspendront à la riche coupole,
Pour l'immortalité burinez à la fois
Les noms des généraux Bourgon, Regnault, François,

De Bedeau, Duvivier, vainqueurs de l'Algérie ;
Ils ont bien mérité de la sainte patrie !
Réunissez encor dans ce cercle éternel
Lafontaine, Foucher, Damesme, Charbonnel,
Francis Masson, Clary, Tarbé, Lacressonnière ;
De la Mobile ardente, et jamais en arrière,
Les officiers Huard, Guillaumot, Pélissier,
Bacle, Chatlus, Aubé, Quesneau, sous-officier ;
Que le comte Piré, Clément Thomas et Korte,
Arrivent compléter la glorieuse escorte.
Vivants, blessés ou morts, que ces braves guerriers
Entrent au Panthéon couronnés de lauriers !
Nous bénissons les morts qui sauvèrent la France,
Honorons les vivants qui sont notre espérance !

V.

S'il m'était donné d'être un de ces peintres-rois,
Ingre, Horace Vernet, Delaroche ou Lacroix,
D'un brave général assassiné dans l'ombre
Ah ! je peindrais la mort,—scène lugubre et sombre !
Quel lamentable aspect ! quel lugubre tableau !.....
Se détachant au loin, voyez Fontainebleau
Que cachent à demi sept fortes barricades ;
Deux mille révoltés rangés sous ses arcades

Attendent l'arme au bras ! Soudain un général,
L'aide-de-camp Mangin s'avancent à cheval :
C'est Bréa ! noble front que la gloire illumine ;
Une croix d'officier brille sur sa poitrine !
Il s'avance à travers tous ces pavés épais,
Portant aux insurgés des paroles de paix.
« Approchez plus encor de la place où nous sommes,
« Nous voulons vous entendre, ont crié tous ces hommes ;
« Descendez de cheval. » Et lui, sans hésiter,
Descend ; il obéit ; pourquoi les irriter ?
De cette barricade alors il se rapproche,
Bréa, le chevalier sans peur et sans reproche,
Il s'avance, l'air fier. Soudain les révoltés
Sur son aide-de-camp, sur lui se sont jetés ;
Aux forts improvisés, captifs, on les entraîne :
« Général, lui dit-on, la résistance est vaine. »
Le général est calme et n'a pas sourcillé !
« Choisissez à l'instant ou d'être fusillé
« Ou de dire aux soldats de livrer, comme otages,
« Armes, munitions, enfin tous leurs bagages.
« — Jamais ! répond Bréa ; rien ne le fait fléchir.
« — On vous accorde une heure encor pour réfléchir. »
Déjà l'heure a sonné ; mais en vain on le somme ;
Il se tait ; rien n'a fait trembler le vaillant homme.
Ces tigres furieux, bras nus, les yeux hagards,
Armés de pistolets, d'homicides poignards,

Sur les deux officiers s'élancent pleins de rage !
Barbares ! nul respect pour ce brillant courage!...
Ils les ont massacrés, et par-dessus les forts,
Jambes et bras sciés, ils ont jeté leurs corps!...
Nouveaux Latour-d'Auvergne, entrez dans le saint temple !
Là, que tout citoyen s'agenouille et contemple
Les martyrs de la France et de la liberté
Montés d'un vol égal à l'immortalité !....

VI.

Ah ! d'un pinceau trempé dans la couleur antique
Tracez à larges traits le courage stoïque
Du citoyen Leclerc, ce moderne Romain !
Garde national, le fusil à la main,
Il marche à l'insurgé ; son jeune fils s'élance
Et tombe à ses côtés ; le vieux père en silence
Saisit le corps sanglant, le porte entre ses bras ;
Il traverse les rangs des courageux soldats,
Pose le cher fardeau dans la maison voisine,
Comprimant les sanglots qui brisent sa poitrine ;
Il vole à sa demeure et voit son autre fils,
Le seul fils qui lui reste : « Enfant, pour le pays
« Ton frère est mort, dit-il, viens remplacer ton frère !
« Viens venger son trépas à côté de ton père !.... »

Et le père et l'enfant combattent l'insurgé,
Et le mort glorieux dans ce sang est vengé !

VII.

Ouvrons le livre d'or ! aux pages de la gloire
Inscrivons tous ces noms que réclame l'histoire ;
Que ce livre sacré soit placé sur l'autel,
Pour raviver en nous le rayon immortel
Des nobles sentiments, du feu patriotique !
Généreux défenseurs de notre République,
Dignes représentants d'un peuple libre et fier,
Vous qui, pour apaiser cette orageuse mer,
Ces flots qui frémissaient aux vents de la discorde,
Jetiez des mots de paix et de miséricorde,
A travers les mourants marchiez ensanglantés
Sans effroi du péril, du cri des révoltés,
Réveillant dans les cœurs l'amour de la patrie,
De cette République ulcérée et meurtrie
Par la coupable main de ses fils égarés,
Qu'on y lise vos noms glorieux et sacrés !!!
O sublime Dornès, expirant sur ta couche,
Toi, dont le dernier cri que murmura ta bouche
Fut un cri de pardon ; qui mourus en héros,
Comme Jésus en croix priant pour ses bourreaux !

Vous, Bonjean, Heecheren, vous, Teissié de Lamothe,
De Tredern, Cazalat, généreux patriote,
Vous, de Ludre, Arago, Gustave de Beaumont,
Lafayette, Vavin, de Treveneuc, Avont,
Callet, Landrin, Sarrans, vous, Babaud-Laribière,
Qui marchiez constamment près de Lamoricière ;
Vous, Beslay, Larabit, Jules Favre, Grandin,
Prudhomme, Bixio, Dutier, Bineau, Flandin,
Et vous, Victor Hugo, barde à la voix divine,
Qu'une double auréole entre tous illumine ;
Pierre et Lucien, neveux du grand Napoléon,
Appelés par la gloire, entrez au Panthéon !
Ferme Palladium de notre République,
La France vous implore, à cette heure critique !
Sur la brèche fumante, après le grand combat,
Sauvez de tout écueil le vaisseau de l'Etat ;
Après avoir vaincu la vieille monarchie,
Gardez-nous des fureurs de la sombre anarchie ;
En vous réunissant dans vos communs efforts,
Contre cet Attila nous serons assez forts,
Et vainement dans l'ombre aux combats homicides
Il aura contre nous dressé ses noirs séides !
Et la paix, la concorde et la fraternité,
Sauveront l'avenir de notre liberté !

VIII.

Ouvrez la grande page à la Garde mobile ,
Qui compte des enfants et des héros par mille ;
Parmi de vieux guerriers on les dirait choisis ;
L'ardente baïonnette au bout de leurs fusils,
Ils allaient, à travers les feux et les mitrailles ,
Arrachant les drapeaux, franchissant les murailles,
Poursuivre l'insurgé , sans redouter ses cris ;
Comme il a combattu cet enfant de Paris !
Inscrivons ces mots : « Gloire à la Mobile garde!
« La France avec orgueil la chérit et regarde,
« Comme ces défenseurs, tous ces jeunes guerriers,
« Ils ont conquis l'honneur d'être ses chevaliers ! »

IX.

Au Panthéon , qu'on rende hommage à notre armée,
Fidèle à son devoir comme à sa renommée !
Pour sauver le pays que de nobles efforts !
Honneur à ces vivants ! gloire éternelle aux morts !

X.

Que tu fus grande aussi dans la lutte fatale !
Gloire à jamais à toi, Garde nationale,
La patrie en danger , peut être allait mourir ;
A son cri de détresse on la vit accourir !
Au fer des assassins elle arracha la France ;
Elle est encore sa joie ; elle est son espérance!

XI.

Entrez au Panthéon comme dans le saint lieu,
Hommes de charité, vrais ministre de Dieu,
O prêtres qui changiez l'église en ambulance,
Où de vous les blessés recevaient en silence,
Tant de soins paternels qu'ils n'ont point oubliés.
On les voyait partout, comme multipliés,
Descendre dans la rue, ineffables apôtres,
Panser tous les blessés, les uns comme les autres,
Amis, comme ennemis, et dans les hôpitaux,
Eux-mêmes les porter pour soulager leurs maux.
Qu'il était beau de voir, tous couverts de poussière,
Ces soldats en passant, saluer la civière,

Que portaient quatre à quatre, avec recueillement,
Ces prêtres de Paris si pleins de dévoûment !

XII.

Poètes , célébrons en chants évangéliques
Ces sœurs de charité, ces femmes angéliques
Qu'on rencontre toujours sur le chemin des pleurs,
Pour soulager nos maux et calmer nos douleurs ;
Ces anges de pitié mais à l'âme si forte ,
Aux mourants aux blessés toujours ouvraient leur porte.

De la Garde mobile un brave général,
Pris par les insurgés , conduit à l'hôpital ,
Va mourir ! l'assassin déjà le met en joue !...
Pour sauver le captif un ange se dévoue ;
La sœur de charité s'est jetée au milieu :
« Arrêtez ! arrêtez ! c'est la maison de Dieu !
» Bas les armes ! craignez de la souiller d'un crime !
» Par ma voix Dieu l'ordonne ! épargnez la victime !
» Mes amis , cette mort vous porterait malheur ! »
» — Et vous avez raison ! n'affligeons pas la sœur,
» Qui, pour nous soulager cent fois est accourue ,
» Ce maudit prisonnier , tuons-le dans la rue !
» — Il est à moi cet homme, il ne sortira pas !
» Ah ! je vous suis partout , je m'attache à vos pas !

« De notre charité qu'il soit la récompense ;

« Vous nous accorderez ce prisonnier, je pense ?

« Au nom de vos enfants par nos mains soulagés,

« De vos parents guéris, criait-elle, insurgés,

« Je le réclame ! »

              Ainsi, la sœur si courageuse

Soutint pendant longtemps cette scène orageuse,

Sans pouvoir attendrir le cruel révolté,

Toujours par sa présence et par sa fermeté

Arrêta le forfait ; du sein des barricades,

Tout-à-coup retentit le bruit des fusillades ;

Les insurgés surpris écoutent, pleins d'effroi,

Et la sœur profitant de cet instant d'émoi,

Ouvre sa pharmacie, y pousse l'officier,

Ferme sur lui la porte, au groupe meurtrier

Le dérobe, lui fait prendre à l'instant la fuite,

Et dès qu'elle n'a plus à craindre de poursuite,

Elle revient près d'eux : L'homme s'est esquivé !

« Amis, bénissons Dieu ! c'est Dieu qui l'a sauvé ! »

Dit-elle, et son cœur bat et sa parole touche,

Emeut ces insurgés, à l'œil sombre et farouche !

XIII.

Une autre sœur allait secourir les blessés,

Quand un homme de sang, aux regards courroucés,

En blasphémant , lui pose au cœur sa baïonnette ;
La sœur, sans s'émouvoir, calme, s'arrête et jette
Un regard de mépris sur ce tigre inhumain ,
Détournant le fusil d'un geste de la main :
« Ne crois pas , mon ami , que je craigne ton arme !
» Non ! non ! je crains Dieu seul ! » Et, sans aucune alarme,
Aux vulgaires effrois le cœur indifférent ,
Elle marche, intrépide , et va près d'un mourant !

XIV.

Panthéon ! Panthéon ! ouvre ta large porte !
Reçois dans tes parvis cette auguste cohorte !
Sauveurs de la patrie , en cette enceinte entrez !
Ils viennent, les vainqueurs ! ils montent les dégrés !
Mais qui marche à leur tête et du temple s'approche !
Comme un céleste accord de l'orgue et de la cloche,
L'hymne religieux , faites le retentir !
C'est lui , l'homme divin , l'Archevêque-martyr !

IV

L'Archevêque-martyr.

1.

Du farouche Attila , le pied dans le sang nage ;
Sa main sème partout le meurtre et le carnage ;
Il attache à son char et couvre de liens ,
Tous les enfants de Dieu , tous les peuples chrétiens;
En menaçant de mort l'Eglise militante ,
Il s'avance, vêtu d'horreur et d'épouvante !
Le paganisme impur, comme un torrent, le suit,
Couvrant la loi du Christ des ombres de la nuit !
Où vont-ils ces Païens aux ténébreux visages ,
Ces Barbares venus des étrangers rivages ?
A travers les débris entassés sous leurs pas ,
Tous ces fléaux de Dieu , messagers du trépas ,
De leurs flots orageux ont inondé l'Empire ;
L'Eglise jette un cri, l'humanité soupire ;
Sur son trône a tremblé l'empereur d'Occident ,
Car Attila, l'œil fier , triomphateur ardent ,

S'avance ! il est devant Rome , la ville sainte !
Il marche, il marche encore et va franchir l'enceinte!
Déjà du Capitole il touche le dégré....
Tout-à-coup , — ô spectacle imposant et sacré ! —
Les sénateurs Romains, vieillards à barbe blanche,
De l'olivier de paix portant la verte branche ,
Se tiennent à genoux sur le seuil du saint lieu ,
Et saint Léon paraît ! l'auréole de Dieu
Illumine son front , comme une éclair céleste ;
Vers le sombre barbare il s'avance, modeste ,
Grave et majestueux ; il lui parle, et sa voix,
Comme la voix de Dieu qui fait trembler les rois ,
Pénètre les replis de ce cœur indocile ;
Le Barbare , aux clartés que répand l'Evangile ,
Sent ses yeux adoucis ; sous ses sourcils épais ,
Pour la première fois glisse un rayon de paix ;
Il tombe aux pieds du saint et fuit en Pannonie.
Léon sauva le monde et la ville bénie !

II.

Et tu veux aussi toi , noble et pieux martyr ,
Comme le grand Léon , du saint temple sortir ,
Pour être le lien de paix et de concorde ,
Entre cette révolte ardente qui déborde ,
Et l'ordre , ce sauveur de notre liberté ;
L'émeute jurant haine à la société ,

Soufflant le feu caché des discordes civiles,
Se partageant nos biens, ensanglantant nos villes,
Et l'ordre avec la loi, l'ordre du ciel béni,
Par qui l'homme, ici bas, vit avec l'homme uni,
L'ordre qui des cités pose la base ferme,
Des sauvages instincts anéantit le germe,
L'ordre, foyer d'amour qui sait donner des mœurs,
Des sentiments plus doux aux plus farouches cœurs,
Enchaîner à ses pieds l'antique barbarie,
Par un lien sacré : l'amour de la patrie !
L'emeute aux pieds sanglants, aux regards envieux ;
L'ordre au visage calme, aux bras laborieux ;
L'une fille des pleurs, l'autre fils de la joie ;
L'émeute que l'enfer pour le mal nous envoie ;
L'ordre, présent du ciel, pour accomplir le bien,
Union généreuse entre tout citoyen ;
L'une, à la rude voix, prêchant le fanatisme,
Et l'autre, écho divin du pur Christianisme ;
L'ordre enfant de la paix, l'émeute du remord,
L'ordre, ici-bas la vie, et l'émeute, la mort!!!

III.

Comme un père au milieu de sa chère famille,
L'archevêque, à pas lents, marche vers la Bastille,
Place où, de toutes parts, entre les insurgés
Et les nationaux les feux sont engagés ;

Hommes, femmes, soldats, à l'aspect du vrai sage,
Tombent agenouillés, bénissent son passage ;
En vain le prudent cherche à le décourager,
En lui représentant le stérile danger :
Non ! lui, vole au devoir où le Christ le convie :
Il poursuit son chemin : « Il doit donner sa vie,
«Le bon pasteur, dit-il, pour sauver son troupeau ! »
Tenant encore en main leur glorieux drapeau,
Plusieurs blessés gisaient couchés dans l'ambulance,
Le pasteur les absout, les bénit et s'élance,
Mû par la charité, vers le lieu du combat.
Il semble, de la foi ce généreux soldat,
Parmi les combattants enivrés de colère,
Un messager de paix, quelqu'ange tutélaire
Qui calme par sa voix la tempête et le vent.
Des deux camps il réclame, au nom du Dieu vivant,
De suspendre les feux et mettre bas les armes ;
La fusillade cesse ; il monte sans alarmes
Vers cette barricade et ces pavés sanglants ;
Deux prêtres, l'œil en pleurs, l'accompagnent tremblants.
Le cortége s'arrête ; ils ont pour seule escorte
Un ouvrier qui marche en avant d'eux et porte
Un rameau d'arbre en main, comme signe de paix.
Insurgés et soldats, alors, bons et mauvais,
A ce beau dévoûment se découvrent la tête ;
Pour contempler le saint des deux camps on s'arrête.

IV.

Voyez-vous apparaître, aux bords de ces remparts,
Ces femmes sans pudeur, aux longs cheveux épars,
Tous ces hommes noircis par le feu des cartouches,
Ces fronts ensanglantés , ces visages farouches ,
Ces brigands à l'œil creux qui lance des éclairs ,
Sur le prêtre levant leurs fronts pâles et fiers?
Eh bien ! quand l'archevêque aura parlé , peut-être
Ces cœurs s'attendriront à la voix de ce prêtre:
Ces regards adoucis de pleurs se mouilleront ;
Peut-être sur le sol ces genoux fléchiront !
Pouvoir inespéré d'une sainte prière !
Tous ces bras recherchant la lutte meurtrière
S'ouvriront tout-à-coup au baiser fraternel,
Et Caïn pardonné de l'innocent Abel
Pressera les deux mains dans une vive étreinte.

V.

Mais, de l'autre côté , tous les soldats ont crainte
De voir tomber l'évêque aux mains de l'ennemi ;
Pour l'envoyé de Dieu tous les cœurs ont frémi.
On s'approche.... déjà les camps sont face à face ,
L'ordre devant l'émeute , et soudain la menace ,
Les reproches , l'insulte , aux sourires moqueurs ,
Hélas ! ont réveillé la haine en tous ces cœurs.

C'est en vain que, poussés par un ardent courage,
Les deux prêtres, cherchant à conjurer l'orage,
Parlent au nom du saint, passent de rang en rang,
Veulent faire cesser l'effusion du sang
Et sauver du carnage enfants, hommes et femmes;
La tempête mugit, fermente dans les âmes!
Mais de l'un des deux camps un coup de fusil part...
« Trahison ! trahison ! » clame de toute part
L'emeute exaspérée. Alors chacun s'esquive,
La fusillade gronde et s'engage plus vive.
Mais le noble archevêque, entre deux feux placé,
Ne paraît point surpris d'être ainsi menacé;
Loin de fuir, en avant il marche, plus rapide,
Gravit la barricade, en pasteur intrépide;
Toujours accompagné des prêtres Jacquemet
Et Ravinet, il monte, il arrive au sommet
Dominant les deux camps, sans que ses genoux tremblent.
La fusillade alors siffle et les balles semblent
Jusque-là respecter cet envoyé de Dieu.
Un de ces prêtres saints a de trois coups de feu
Son chapeau traversé.

VI.

Comme un ange céleste,
On le voit apparaître à cette heure funeste,

Le doux médiateur, l'apôtre ! qu'il est beau ,
Le pasteur prodiguant son sang pour son troupeau !
Quelle gloire pour lui, pour la foi qui l'inspire ,
Et pose entre ses mains la palme du martyre !
Du Calvaire où l'avait épargné le trépas
A peine il descendait qu'il tombe à quelques pas,
Citoyen courageux , surtout courageux prêtre !
Une balle partant d'une obscure fenêtre
L'a frappé dans les reins ; un pieux serviteur,
Pâle et blessé lui-même, à côté du pasteur,
Le recueille en ses bras ; l'attaque est suspendue ;
La foule d'insurgés , frissonnante , éperdue ,
S'élance à son secours , aux pieds du saint martyr,
S'agenouille ; on entend un seul cri retentir :
« Ce crime épouvantable, ô saint ! n'est pas le nôtre !
« Nous n'avons pas tiré sur vous, sublime apôtre ! »
D'un si grand héroïsme et , désolé témoins ,
Tous ces hommes émus l'environnent de soins ;
Tous à sa charité veulent rendre justice ;
On lui forme une garde , on l'emporte à l'hospice ,
Et l'insurgé s'en va , l'œil en pleurs et touché.
Le pontife est conduit à son archevêché ,
Escorté tristement par la Garde mobile ;
D'un de ces preux enfants défenseurs de la ville,
Le visage, aux traits purs, soudain frappe ses yeux ;
C'est bien lui qu'il a vu , rapide , audacieux ,

Sur un noir insurgé s'élancer avec âme,
Arracher de ses mains un sabre, à forte lame,
Profondément blessé, le visage sanglant ;
Il le fait approcher, soulève un bras tremblant,
Prend une croix de bois, d'un crucifix ornée,
Et vers l'enfant la face avec peine tournée :
« Prends cette simple croix, portes-la sur ton cœur ;
« Prends-la, dit-il ; cela te portera bonheur. »
Et le garde attendri, François Delavrignère,
A genoux prosterné, comme dans la prière,
Jure de conserver le touchant souvenir
Du prélat expirant qui voulut le bénir.

VII.

L'archevêque repose étendu sur sa couche ;
Un rayonnant sourire a passé sur sa bouche,
Car son œil demi-clos dans la clarté des cieux
Est plongé, plein d'extase et, calme, radieux,
Il entrevoit déjà la fin de sa souffrance.
Près du funèbre lit, l'ange de délivrance
Comme un rayon, se glisse et s'approche, en posant
Ses deux mains sur le front du juste agonisant,
Tandis qu'à son chevet l'ange du saint martyre
D'un luth harmonieux touche la corde et tire
De célestes accords que l'âme au ciel entend ;
Et l'archevêque ému lève les yeux et tend,

Dans l'agitation d'un bonheur sans mélange,
Une oreille attentive à la voix de cet ange ;
Il écoute, joyeux, avec un saint transport,
Ces chants inespérés, que sur son lit de mort
Le juste, seul, écoute ; en son âme ravie,
Soudain, comme sortant du néant à la vie,
Naissent des sentiments jusqu'alors inconnus,
Bonheurs longtemps rêvés et jamais obtenus,
Ravissements nouveaux et nouvelles pensées,
Qui lui font oublier, et les douleurs passées,
Et les heures d'angoisse, et les rudes combats
Que son âme d'élite a soufferts ici-bas.
Il écoute ce chant qui vers son Dieu l'appelle
Et déjà verse, à flots, dans son âme immortelle
De son corps dégagée un céleste repos.
Plus fort, toujours plus fort résonnent les échos
De cet accord, — musique ineffable et profonde,
Pareille au bruit lointain de l'orage qui gronde ;
Car, plein d'enthousiasme, à ce suprême instant,
L'immortel communique à son luth éclatant
L'impétuosité de sa voix si magique,
En chantant : « Béni soit le martyr énergique
« Victime de son zèle et de sa charité !
« Sur le rude Calvaire il tombe ensanglanté !
« Pour sauver son troupeau, le bon pasteur expire,
« Et dans l'éternité Dieu lui-même l'attire !

« Qu'aux douleurs de la terre enfin il dise adieu ,
« Que sa lèvre s'abreuve au calice de Dieu !
« Ame du juste, viens t'abriter sous mon aile,
« Renaître au jour brillant de la vie éternelle !
« Et toi, mort triomphante, approche et clos son œil,
« Pour la paix de ses os ouvre-lui le cercueil ! »
L'agonisant ne peut soutenir tant de joie ;
Dans le ravissement son cœur ému se noie ;
Il pousse un long soupir ! son front s'est affaissé :
« O mon Dieu ! que mon sang soit le dernier versé ! »
Et son âme s'exhale avec cette prière ;
Et , recueillant alors la parole dernière ,
L'ange du saint martyre a revolé vers Dieu,
Sur le trône éternel pour déposer ce vœu.

VIII.

Mais à la tombe avant de livrer sa dépouille ,
Durant trois jours entiers , le peuple s'agenouille
Devant le saint couché sur le lit du trépas ;
Hommes, femmes , enfants , généraux et soldats ,
S'approchent pour toucher sa robe épiscopale ,
Contempler, l'œil en pleurs, ce front placide et pâle ,
Ces mains jointes , ce doigt orné d'un anneau d'or ,
Qui semble s'agiter pour les bénir encor ,
Cette bouche exhalant, comme à l'heure dernière ,
Pour le salut de tous sa touchante prière ,

On dit qu'on a vu même, au tomber de la nuit,
Devant cette archevêque agenouillés, sans bruit,
De pâles insurgés priant, versant des larmes ;
Consternés de leur crime, ils jetaient bas les armes
Et semblaient de la sorte aux pieds du divin mort
Déposer en tremblant le fardeau du remord ;
Puis, toujours en silence, ils reprenaient leur route,
Tous par le repentir régénérés sans doute,
En adressant au saint le solennel adieu !
Ah ! cet homme est vraiment le prophète de Dieu,
Le doux médiateur pacifiant les âmes,
Le pasteur dont le sang doit éteindre les flammes,
De la guerre civile allumée entre nous !
O Providence ! ô Dieu qu'on adore à genoux !
Qui de tes profondeurs peut sonder le mystère ?
Ah ! peut-être veux-tu, dans ta sagesse austère,
Par le sanglant baptême, au milieu des douleurs,
Qui déchirent le sein de notre France en pleurs,
Des peuples cimenter l'alliance nouvelle !
Q'enfin cette alliance entre nous se révèle !
Puisse cette anarchie, ô Dieu ! s'anéantir,
Et s'éteindre à jamais dans le sang du martyr !

V

Prière à tous !

O frères ! à genoux ! à genoux sur la pierre !
Prions pour tous ces morts que renferme la terre,
De l'ordre avec la loi défenseurs vigilants
Contre la sombre émeute aux bras nus et sanglants !
Pour les vivants, prions ! Fils ingrats de la France,
Egarés par l'erreur, flétris par la souffrance,
Pardonnés, ou punis par la captivité,
Au cercle de l'amour et de l'égalité,
Insurgés repentants, redevenez nos frères !

D'un peuple généreux représentants sincères,
A nous placés en bas, vous montés au sommet,
Montrez-nous le flambeau qu'entre vos mains Dieu met !
Pour diriger nos pas dans cette ardente lutte,
Eclairez le triomphe et redoutez la chute ;
Que de la Liberté le précieux mandat
A vos mains confié soit un apostolat !

Constituez enfin la franche République
Et sur elle veillant, sentinelle énergique,
Incorruptible appui des légitimes droits,
Inspirez le respect et de l'ordre et des lois,
L'amour, l'amour sacré de la sainte patrie !!!
Enfin de la franchise et plus de jonglerie
Comme aux jours d'autrefois, parmi nos libres chefs;
Vous, abjurez enfin vos antiques griefs,
Vous, républicains purs, qu'on nomme de la veille;
Sur ceux du lendemain si votre œil s'ouvre et veille,
Montrez-vous confians en leur sincérité;
Fils nouveaux qu'adopta la sainte Liberté,
Sans doute ils seront tous fidèles à leur mère;
Non ! leur serment n'est pas un serment éphémère!
Pilotes, comme vous, assis au gouvernail,
Ils sauront diriger le vaisseau du travail;
Et vous tous, ouvriers, oubliant la souffrance,
Par eux vous renaîtrez enfin à l'espérance.
Avec activité que vos bras maintenant
Travaillent réunis, entr'eux se soutenant;
Dans ce commun accord la force se déploie,
Et maître et compagnon poursuivent avec joie
Leur œuvre en liberté; tout front s'épanouit;
Satisfait de son rang chacun se réjouit
Et brave le dédain, car, seul, le vice ignore
Que du rang d'ouvrier tout citoyen s'honore,

Que le prix du travail est la prospérité !
Si vous voyez un roi fier de sa dignité,
Amis, s'il a pour lui l'éclat qui l'environne,
Du travail, vous avez aussi, vous, la couronne !
Sur les restes sacrés de ces morts glorieux,
Au nom du saint martyr remonté vers les cieux,
Par un lien sacré d'amour et d'harmonie,
Que notre belle France enfin grandisse unie !
L'ordre et la liberté, la concorde et l'amour!...
Et l'anarchie enfin s'éteindra sans retour !

Lyon. Impr. et Lith. de veuve AYNÉ,
gr. rue Mercière, 44.